FY NHEULU DONIOL

Teleri
Tyn...

Colin West

Addasiad Non Vaughan Williams

Gomer

Nodyn i athrawon: *Ar wefan Gomer mae llu o syniadau dysgu a thaflenni gwaith yn barod i chi eu llwytho i lawr a'u defnyddio yn y dosbarth.*

Cofiwch ymweld â'r safle www.gomer.co.uk

Argraffiad Cymraeg Cyntaf – 2006

ISBN 1 84323 546 3

Cyhoeddwyd gyntaf ym Mhrydain gan
A & C Black Publishers Ltd., 37 Soho Square,
Llundain W1D 3QZ
dan y teitl *Jenny the Joker*

(b) testun a'r lluniau gwreiddiol: Colin West, 1999 ©
(b) testun Cymraeg: ACCAC, 2006 ©

Cyhoeddwyd gyda chymorth ariannol Awdurdod
Cymwysterau Cwricwlwm ac Asesu Cymru.

Dymuna'r cyhoeddwyr gydnabod cymorth
Adrannau Cyngor Llyfrau Cymru.

Argraffwyd gan
Wasg Gomer, Llandysul, Ceredigion SA44 4JL

Pennod Un

Stori yw hon am fy nghyfnither Teleri.
Pan glywais ei bod hi'n dod i aros
atom, doeddwn i ddim yn rhy hapus.

Mae Teleri, chi'n gweld, yn mwynhau
pob math o bethau merchetaidd,
ac mae'n disgwyl i mi ymuno yn
yr hwyl.

Mae'n hoffi
marchogaeth
ceffylau . . .

. . . chwarae
tŷ dol . . .

. . . a'r peth
gwaethaf oll,
gwisgo lan.

Felly pan ganodd y gloch

DING DONG!

wnes i ddim rhuthro at y drws.
Yna galwodd Mam o'r gegin,

Teleri yw honna, siŵr o fod. Agor y drws, plis, dwi lan at fy nghlustiau mewn blawd.

Llusgais fy nhraed at y drws.
Ond wrth i mi ei agor, cefais dipyn
o syndod . . .

Nid Teleri oedd yno o gwbl, ond hen ddyn bach a chanddo fwstásh, trwyn main a sbectol.

'Alla' i eich helpu chi?' gofynnais wrth iddo sychu'i draed ar y mat.

Yn sydyn, dyma'r 'hen ddyn bach'
yn tynnu'i sbectol, ei drwyn main
a'i fwstásh, a dechrau chwerthin dros
bob man.

Cefais dipyn o sioc.
Teleri *oedd* yno wedi'r cyfan.

7

'Dwylles i di! Dwylles i di!' gwaeddodd ar dop ei llais, wrth iddi gario'i bagiau dros y trothwy. Doeddwn i ddim yn gweld y peth yn ddoniol o gwbl.

Tynnodd Teleri ei chot. 'Nawr te, beth am roi cwtsh i dy gyfnither?' gofynnodd yn wên o glust i glust.

Cyn i mi fedru ei hateb,
taflodd ei breichiau
o'm cwmpas a
phlannu cusan
fawr wlyb ar
fy moch.

Ar hynny, dyma Mam yn dod i
mewn. Sylwais na chafodd hi yr un
cwtsh croesawgar ag a gefais i.

Diolch
am fy
ngwahodd i!

Teimlais fy mod ychydig yn arbennig yng ngolwg Teleri. Er hynny, doeddwn i ddim yn medru deall pam ei bod yn chwerthin cymaint pan oeddwn i'n troi fy nghefn.

Pennod Dau

Amser swper, eisteddodd Mam, Dad, Teleri a fi o gwmpas bwrdd y gegin. Roeddwn yn mwynhau'r cawl tomato tan yn sydyn . . .

aid â gweiddi neu bydd pawb yn
moyn un!' chwarddodd Teleri.

Cododd Teleri y pryfyn allan o'r cawl
a'i sychu. Pryfyn plastig oedd e, chi'n
gweld. Roedd pawb yn meddwl fod y
cyfan yn hynod o ddoniol – pawb ond
y fi.

12

Pan gawsom gaws a bisgedi, cefais drafferth i gnoi un darn.

Dylwn i fod wedi dyfalu – un arall o jôcs Teleri oedd y caws. Roedd wedi'i wneud o rwber.

13

O hynny ymlaen, cedwais lygad barcud ar Teleri. Châi hi ddim cyfle i wneud ffŵl ohonof i eto. 'O'r gore, dim mwy o dynnu coes!' addawodd Teleri.

'Iawn te,' cytunais.

Ond dylswn i fod wedi gwybod yn well.

Wrth i mi suddo i'r gadair, atseiniodd sŵn ych-a-fi o gwmpas yr ystafell.

Chwarddodd Teleri nes ei bod yn wan. Roedd hi hyd yn oed wedi dod â chlustog cnecian gyda hi ar ei gwyliau.

15

Gyda'i holl jôcs dwl, roedd Teleri'n bendant wedi newid. Roeddwn i'n dechrau hiraethu am yr hen Teleri.

'Plesia dy hun,' meddai Teleri.

'Ti'n addo peidio â rhoi arwydd dwl ar fy nghefn i?' gofynnais.

'Addo paddo,' atebodd Teleri. Felly dyma fi'n mynd yn nes ati i roi cusan ar ei boch . . .

. . . ond wrth i mi bwyso tuag ati, teimlais chwistrelliad o ddŵr i fyny fy nhrwyn.

'Ti'n hoffi fy rhosyn dŵr i?'
chwarddodd. Doedd gen i ddim
amynedd i'w hateb.

'Nos da, Teleri,' dywedais o'r diwedd
ar ôl sychu fy wyneb.
'Lleuad yn ole, pryfed yn chware
o dan y dwfe, yn nhraed eu sane –
cysga'n dawel!' canodd Teleri.

Pennod Tri

Fore trannoeth, wrth i mi orwedd yn y gwely, roeddwn ychydig yn ofidus wrth feddwl am dreulio gweddill y dydd yng nghwmni Teleri.

A fyddai powdwr cosi yn fy nillad isaf?

A fyddai'r sebon yn gadael fy wyneb yn frwnt?

A fyddai fy wy wedi'i ffrio wedi'i wneud o blastig?

Teimlwn yn nerfus wrth i mi wisgo ac ymolchi. Ond ddigwyddodd dim byd ofnadwy. Pan gyrhaeddais lawr grisiau roedd Teleri yno'n barod.

Eisteddais i lawr yn ofalus. Doeddwn i ddim am gael fy nal eto.

Wrth i mi arllwys y llaeth, roeddwn yn hanner disgwyl i'r bowlen ffrwydro.

Ond roeddwn yn dal i fod yn ddrwgdybus o Teleri. Roedd hi'n rhy dawel o lawer.

'Wel, beth wnawn ni heddi?'
gofynnodd Mam wrth iddi sipian ei
the. Doeddwn i ddim am i Teleri
dynnu fy nghoes unwaith eto, felly
awgrymais yn sydyn, 'Beth am fynd
i farchogaeth ceffylau?'

'GRÊT!' meddai
Teleri.

'Grêt!' meddai
Mam.

'Yyy . . . grêt,'
dywedais innau.

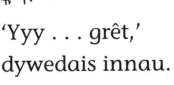

Felly aeth Mam â ni i'r ganolfan farchogaeth leol.

Wrth gwrs, roedd Teleri'n fwy
cyfarwydd â cheffylau na mi . . .

. . . ond yn sydyn dechreuais fwynhau fy hun.

Wrth i Mam ein hebrwng adref,
roeddwn i'n dal i fod yn wyliadwrus
o Teleri a'i jôcs bach dwl. Beth oedd
i de, tybed?

Dannedd
dodi ar
dost . . .

. . . ac yna cacen
blastig . . .

. . . wedi'u golchi
lawr â sudd oren
o wydryn sy'n
diferu?

Ond, a dweud y gwir, cawsom de bendigedig heb yr un jôc. Ond roedd Teleri'n llawer rhy dawel.

Fe *wnaethom* ni chwarae cardiau y noson honno. Enillodd Teleri bob gêm. Tybed oedd y cardiau wedi'u marcio?

Roeddwn wedi blino'n lân ar ôl yr holl farchogaeth, ac roedd pob asgwrn yn fy nghorff yn gwynegu. Penderfynais gael noson gynnar. 'Nos da,' meddais wrth Teleri. Ni ofynnodd am gusan y tro hwn. Ond dyma hi'n canu,

Pennod Pedwar

Drannoeth, roeddwn i'n siŵr fod Teleri'n cynllunio jôc fawr ddrwg.

A fyddai bomiau drewdod yn yr ystafell ymolchi?

Neu inc ar y carped newydd?

Neu bowdwr tisian yn fy macyn?

Ond beth bynnag roedd Teleri wedi'i gynllunio ar fy nghyfer, roeddwn yn benderfynol na fyddai'n cael gwneud ffŵl ohono i eto.

Ar ôl brecwast buom yn trafod beth i'w wneud.

'Beth am ymweld â'r Amgueddfa Deganau?' awgrymais, cyn i Teleri gael cyfle i agor ei cheg.

'Grêt!' meddai Teleri.
'Grêt!' meddai Mam.
'Yyy . . . grêt,' dywedais innau.

A dweud y gwir, roedd llawer mwy yn
yr amgueddfa na doliau a thai doliau.

(Rhaid i mi gyfaddef fod rhai o'r tai
dol yn werth eu gweld!)

Wedi i ni gyrraedd gartref, cawsom bryd parod blasus. Roeddwn bron ag anghofio am jôcs Teleri.

Fe wnes i hyd yn oed ennill y gêm o gardiau y noson honno – cardiau wedi'u marcio neu beidio.

A phan gynigiodd Teleri losin i mi . . .

. . . dim ond am eiliad yn unig y
meddyliais i efallai mai losinen-
neidio-allan-o'i-chroen oedd hi.

Ond na.

'Nos da, Teleri,' dywedais o'r diwedd. 'Lleuad yn ole, pryfed yn chware o dan y dwfe, yn nhraed eu sane – cysga'n dawel!' daeth yr ateb cyfarwydd.

Wrth i mi baratoi i fynd i'r gwely,
roedd geiriau Teleri'n troi yn fy mhen.
'Dyna ni!' meddyliais. 'Mae Teleri'n
dal i wneud ei hen driciau wedi'r
cyfan. Mi fentra i fod chwilod plastig
yn fy ngwely.'
Tynnais y cwrlid yn ôl yn ofalus . . .

. . . ond doedd dim golwg o'r un
trychfilyn bach yn unman.
Beth oedd yn mynd ymlaen ym mhen
Teleri, tybed? Bues i'n pendroni drwy
gydol y nos.

Pennod Pump

Fore trannoeth, roeddwn yn sicr fod
Teleri yn cynllunio rhyw jôc mega-
enfawr ar gyfer ei diwrnod olaf.

Felly cyn i ni hyd yn oed gael brecwast, awgrymais,

Teleri, dere i ni gael gwisgo lan heddi!

'Grêt!' meddai Teleri.

'Grêt!' meddai Mam.

'Yyy . . . grêt,' dywedais innau.

Ar ôl brecwast daeth Mam â phentwr
o hen ddillad, llenni a sbarion i ni.

Er mawr syndod i mi, roedd yn dipyn o hwyl. Benthycodd Teleri ei sbectol, ei thrwyn a'i mwstásh i mi. Roeddwn yn edrych yr un ffunud ag ysbïwr!

Ac roedd Teleri'n wych fel Barti Ddu.

Erbyn diwedd y dydd, teimlais fy mod
i a Teleri'n ffrindiau arbennig o dda.

Wrth i Teleri bacio'i phethau,
gofynnais iddi pam ei bod wedi
chwarae'r holl hen driciau yna arna i.
Gwenodd Teleri.

'Y ti-go-iawn?' gofynnais.
'Ie,' meddai, 'yr un sy'n hoffi
marchogaeth ceffylau, tai dol a
gwisgo lan.'

'Ond rydw innau'n hoffi'r holl bethau yna hefyd!' atebais.

Roedd Teleri'n iawn. Rai diwrnodau'n ôl, doeddwn i ddim yn meddwl mod i'n hoffi'r pethau hynny. Dyna ddangos beth allwch chi ddysgu mewn wythnos!

Pan oedd hi'n amser i Teleri fynd
adref, teimlwn yn rhyfedd o drist.

'Paid â phoeni,' meddai Mam pan
oedd hi wedi mynd. 'Gall Teleri ddod
eto'n fuan.'

Y noson honno, wrth i mi fynd i'r gwely, a thynnu'r cwrlid yn ôl, beth ydych chi'n feddwl oedd yn sbio arna i?

Does dim angen dweud mwy – un o gorynnod mawr plastig Teleri oedd yno!

'Hy!' meddyliais wrth i mi geisio'i wasgu'n ddim. 'Mae Teleri *wedi* llwyddo i dynnu fy nghoes i wedi'r cyfan!'